PASSELIVRE

de malas prontas

Alina Perlman

Ilustrações de
Fábio Sgroi

ibep
jovem

© IBEP, 2009

Direção editorial Antonio Nicolau Youssef
Gerência editorial Célia de Assis
Edição Edgar Costa Silva
Produção editorial José Antônio Ferraz
Coordenação de arte Narjara Lara
Assistência de arte Marilia Vilela
Viviane Aragão
Preparação de texto Maria da Conceição Tavares
Revisão Lia Ando
Ilustração Fábio Sgroi

Dados Internacionais de Catalogação na Publicação (CIP)
(Câmara Brasileira do Livro, SP, Brasil)

Perlman, Alina
De malas prontas / Alina Perlman ; ilustrações de Fábio Sgroi. -- São Paulo : IBEP, 2009. – (Coleção passelivre)

ISBN 978-85-342-2643-1

1. Literatura infantojuvenil I. Sgroi, Fábio. II. Título. III. Série.

10-00106   CDD-028.5

Índices para catálogo sistemático:

1. Literatura infantojuvenil 028.5
2. Literatura juvenil 028.5

1ª edição – São Paulo – 2009
Todos os direitos reservados

IBEP

Av. Alexandre Mackenzie, 619 – CEP 05322-000 – Jaguaré
São Paulo – SP – Brasil – Tels.: (11) 2799-7799
www.editoraibep.com.br – editoras@ibep-nacional.com.br

de malas prontas

Sumário

Capítulo 1 — 7

Capítulo 2 — 10

Capítulo 3 — 14

Capítulo 4 — 17

Capítulo 5 — 21

Capítulo 6 — 24

Capítulo 7 — 28

Capítulo 8 — 32

Capítulo 9 — 36

Capítulo 10 — 40

Sobre a autora — 43

Bibliografia de Alina Perlman — 47

Capítulo 1

Elisa voltou das férias animadíssima e louca para conversar com as amigas. Para lhes contar quanto tinha se divertido. Iria ouvir também o que tinham feito, claro, mas apostava que nenhuma tinha aproveitado tanto. Todas tinham se comunicado por *e-mail*, mas sem entrar em detalhes porque ninguém tinha tido tempo para isso.

Elisa convidou a turma para almoçar antes de as aulas começarem. Vieram todas. Ela tinha trazido para cada uma delas uma lembrancinha da praia.

Assim, mesmo que as meninas não estivessem a fim de ouvir o monte de histórias de Elisa, ao menos os presentes as conquistariam e serviriam para alugar seus ouvidos!

Ela tinha simplesmente amado a temporada! O tempo estava maravilhoso, o mar, azul-turquesa, as ondas, calmas, o barco do tio, sensacional. Tinha feito montes de amigas, não tão legais quanto as da turma da escola, lógico, e visto montes de artistas. Mas o melhor de tudo... é que ela tinha conhecido, na casa do tio, o filho do amigo dele, que também adorava mar e velejar tanto quanto ela e tinha um barco maior ainda que o do tio de Elisa. Fora isso, ele era um gato. Era moreno, de olhos verdes, alto e magro, o máximo dos máximos! E tinha gostado dela... tinha até pedido o celular... e o *e-mail*... e o endereço...

As amigas de Elisa desistiram de contar como tinham passado suas próprias férias. Não dava para competir. Àquelas alturas, o que elas mais queriam era saber se o gato tinha se comunicado. Tinha! E se tinha saído com ela. Tinha! E se a tinha beijado. Tinha!

A comida foi esfriando no prato. As garotas tinham perdido a fome. Queriam saber o nome dele, ver fotos, saber se era mesmo tão bom beijar...

Elisa contou tudinho. E quanto mais perguntavam, mais empolgada ela ficava. Ele estudava na mesma escola? Não, mas a escola dele ficava bastante perto. Ele tinha dito que, quando o motorista fosse buscá-lo, buscaria Elisa também e a levaria para casa. Assim, poderiam se ver todos os dias e conversar um pouco no caminho.

Conversar? Bem... namorar, né?

Capítulo 2

Essa Elisa tinha mesmo tirado a sorte grande. Bonita, rica e ainda por cima a primeira de toda a turma a arrumar namorado! Tá certo que as notas de Elisa não eram lá essas coisas. Também, com a vida atribulada que a garota levava, não dava tempo pra estudar. Ginástica, tênis, teatro, um solzinho no clube, visitas ao shopping, Orkut, viagens todos os fins de semana... e agora esse namorado pra completar!

A mãe de Elisa vivia na escola. Não porque fosse chamada, mas porque vinha reclamar na diretoria que alguns professores não andavam ensinando a matéria direito. Sua filha, tão inteligente e dedicada, não estava tirando as notas que merecia! Ameaçava tirar a filha do colégio, ameaçava denunciar os professores em não sei que órgão de ensino. Não adiantava a diretora dizer que Elisa não estudava, não fazia as lições, não prestava atenção nas aulas.

Elisa ficava meio constrangida, mas não fazia nada, não falava nada, não mudava nada. Colava um pouco de uma amiga, copiava os relatórios de outra... e, quando sentia que uma delas ficava chateada, dava para a amiga um par de brincos ou um lenço bem lindo ou um DVD legal, e pronto. Tudo resolvido!

A vida era boa e Elisa era feliz.

O pai, Elisa quase nunca via. Viajava muito a negócios, tinha reuniões nas horas mais improváveis, nunca tinha tempo para jantar com a família. Nunca tinha tempo para saber o que acontecia com Elisa. Nunca saía com a mãe de Elisa para ir a um cinema. Era só trabalho, trabalho, trabalho. No fim de semana, a filha recebia um carinho, um beijinho, às vezes uma pergunta sobre como ia a vida. Só. E ele dizia que a amava muito.

A mãe de Elisa compreendia e aceitava. Sem reclamar. E vivia comprando, almoçando fora, passeando com as amigas, comprando mais um pouco. E não conferia se Elisa havia estudado. Ou feito a lição. Ou se tinha prova. Ou se ela estava namorando... Não conferia nada. Dizia que confiava na filha e que, se ela precisasse de algo, saberia onde encontrá-la. E dizia que a amava muito.

O tempo foi passando e, com tanto o que fazer, e ainda por cima apaixonada, Elisa quase não se deu conta de que o ano estava chegando ao fim. De repente, entrou em pânico. As notas péssimas indicavam que não passaria de ano a menos que se esforçasse muito, que estudasse muito, que deixasse de lado o sol, o shopping, o Orkut, as várias aulas e talvez até um pouquinhozinho o namorado. E precisaria de aulas de reforço. Tinha que falar com a mãe. E, provavelmente, também com o pai.

Mesmo com o pouco que ela via o pai, dava pra notar que ele andava esquisito. Pálido, triste, mudo. Continuava trabalhando, trabalhando, trabalhando, mas, fora o carinho aos domingos, não fazia mais nada. Não perguntava nada. Sentava em sua poltrona preferida e olhava o teto.

A mãe de Elisa bem que tentava animá-lo, bem que tentava conversar com ele, contar um caso engraçado, mas ele nem reagia.

Nesse clima ruinzinho, Elisa teve a tal conversa com a mãe. Com os pais. Pediu um professor particular de Matemática e de Português. E... de Geografia. E... de História. E... de Ciências. E precisou explicar que não tinha conseguido tirar nota suficiente em nenhuma matéria.

A mãe quase teve um chilique. Disse ao pai que ele não se importava com coisa alguma, mas que ela já tinha ido reclamar de alguns professores na escola. Ela só não sabia que *nenhum* professor se salvava. Que *nenhum* deles sabia ensinar coisíssima nenhuma! O pai quis saber das notas das amigas de Elisa, que disse que não se lembrava. O pai quis saber se alguma tinha nota vermelha em todas as matérias, e a filha não soube mentir, acabou dizendo que não. O pai encarou a mãe, e não disse nada.

BOLETIM

	1º BIM.	2º BIM.	3º BIM.	4º BIM.
QUÍMICA	2,0	3,1	3,0	
FÍSICA	4,0	4,3	6,0	
MATEMÁTICA	2,0	2,5	4,0	
PORTUGUÊS	5,0	6,0	2,0	
HISTÓRIA	3,0	3,5	3,5	
GEOGRAFIA	4,0	5,0	5,5	

Elisa quis saber quando poderia começar as aulas de reforço, prometeu que iria se esforçar, sair menos, estudar mais, comprar menos, ficar menos tempo na frente do computador, ir menos ao clube, namorar menos...

Namorar menos? Que namoro era aquele que a mãe desconhecia? Quem era o menino? Filho do amigo do tio? Ah, bom! Bonitinho? Simpático?

O pai disse apenas que precisava ter uma conversa com a mãe a sós e saiu da sala, cabisbaixo.

A mãe, não acostumada com conversas sérias a sós com o marido, ainda tentou enrolar um pouco querendo saber detalhes do tal namoro, mas ele a chamou de lá do quarto e ela se levantou para ir ao encontro dele.

Conversaram, conversaram, conversaram e nunca que paravam de conversar. A porta, fechada, as vozes eram quase sussurros, Elisa não conseguia ouvir nada e ficava cada vez mais aflita.

Capítulo 3

Quando a mãe finalmente abriu a porta, saiu com os olhos inchados de tanto chorar e disse para a filha ir passear, que não estava querendo mais conversa e que as explicações ficavam para depois. Elisa gelou.

Será que o pai tinha dito que ia embora? Que não amava mais a mãe? Que queria o divórcio? Como é que Elisa não tinha percebido nada? Também podia não ser nada disso. Ele não gritou, ela não gritou, ninguém bateu a porta. E essas coisas só acontecem com muito barulho. Pelo menos era isso que as amigas afirmavam.

Será que o pai estava doente? Seria por isso aquela cara branca e os olhos cheios de olheiras? Seria uma doença fatal? Podia ser que não fosse nada disso. Ela nunca tinha ouvido eles falarem em médico, não tinha visto o pai tomar nenhum remédio... Seria, por acaso, uma reação ao pedido dela de reforço? Seria isso tão trágico?

Elisa deu uma volta no quarteirão e voltou rapidinho querendo perguntar à mãe se ela já poderia explicar o que estava acontecendo. A porta do quarto dos pais estava entreaberta, e a mãe, adormecida sobre a cama. O pai fez um gesto pedindo silêncio e, em seguida, saiu de carro. Sem mais.

    Elisa foi para seu próprio quarto sem saber o que imaginar, ligou o computador e mandou uma mensagem para as amigas dizendo que os pais tinham enlouquecido, falado um montão um com o outro de portas fechadas, a mãe tinha chorado e depois de tudo isso não queria papo nenhum com a filha. As amigas responderam que o pai devia estar querendo se separar. Não parecia ser o caso, respondeu Elisa. Doença grave? Não dava essa impressão... Ninguém tinha nenhuma outra ideia.

Elisa se despediu e ligou para o namorado. Ele não fazia a mínima do que poderia ser. Ela não queria ir ao cinema? Que falta de delicadeza! Que falta de sensibilidade! Que absurdo pensar que ela fosse querer ir ao cinema quando algo tão estranho estava acontecendo na casa dela! Bateu o telefone na cara dele! E não atendeu quando ele ligou de volta, em seguida.

Mais tarde, a mãe acordou, o pai voltou, e sentaram-se os três na sala para uma conversa adulta. O pai tinha dito que seria uma conversa adulta. Eles por acaso poderiam ter uma conversa infantil? Que raios significava uma conversa adulta? Elisa estremeceu.

Capítulo 4

A conversa começou de uma maneira superesquisita. O pai disse que a amava muito. A mãe disse que a amava muito. E depois ficaram quietos um tempão. Elisa achou que eles não sabiam como ter uma conversa adulta. E como ninguém dizia coisa nenhuma, resolveu ser mais adulta que eles e perguntou o que estava acontecendo.

O pai gaguejou, pigarreou, ensaiou e começou. Disse que a situação mundial estava difícil. E o que é que Elisa tinha a ver com a situação mundial? Disse que a situação no país estava difícil. Epa! O país já tinha qualquer coisa a ver com ela. Disse que a situação na empresa dele estava difícil. Elisa já nem respirava. A mãe parecia uma estátua, de tão imóvel. Ele explicou que trabalhava com exportação, que as vendas tinham caído, as despesas eram muito maiores que os lucros, que todas as medidas cabíveis tinham sido tomadas, já havia mandado funcionários embora, até o cafezinho e os telefonemas tinham sido cortados, desligado metade de suas máquinas, dado férias coletivas aos funcionários restantes, diminuído o preço das peças que exportava... Tinha tentado de tudo e mais um pouco e agora a solução era fechar a empresa. Tinha tentado vendê-la, mas sem sucesso. Precisava indenizar os funcionários e, simplesmente, fechar as portas. Ele queria muito ter evitado essa conversa. Fizera o possível e o impossível para resolver, para reverter a situação, mas não fora bem-sucedido. Tentara manter as aparências, escondera o problema da mulher, até por vergonha, mas não dava mais. Estava falido.

O pai de Elisa nunca havia falado tanto em toda a sua vida. Em toda a vida de Elisa, óbvio. E a mãe continuava feito estátua, uma estátua com olhos d'água que escorriam sem parar.

O pai quis saber se Elisa havia entendido. Claro que sim! Ela precisava de reforço, mas não era uma tonta total. O que iria acontecer? O pai respondeu que as dívidas eram muitas. Devia para bancos, fornecedores, funcionários, devia para um mundo de gente. E como ele faria para pagar? Mesmo achando um emprego bem depressa, e ele já estava procurando, mas sem encontrar, teria de vender a casa, disse baixinho.

Vender a casa? Como assim?

É isso, minha filha. Vender a casa, alugar uma pequena, num bairro mais simples, vender uns móveis que não iriam mesmo caber em lugar nenhum, se desfazer de um monte de coisa... E a piscina? E a quadra? Fazem parte da casa. E os carros? Ficar só com um. Se for possível. E o motorista? Perde o emprego. E a cozinheira, a arrumadeira, a passadeira, a faxineira? Todo mundo vai ter que achar outro trabalho. E quem vai fazer o trabalho de toda essa gente?

A mãe estátua pareceu se mexer. Nós, querida, ela cochichou, acho que pra ninguém ouvir. Elisa quase não ouviu mesmo. Nós? Eu preciso de tempo para as aulas particulares, as compras, o computador... não vai dar, não. Vai ter que dar, querida. E não vai ter aulas particulares, nem compras... vamos tentar ficar com o computador.

Elisa estava em choque. Parecia um pesadelo. Não podia estar acontecendo com ela.

Quis saber o que fazer com a escola, com o reforço. Ouviu que procurariam outra escola, pública, no bairro onde fossem alugar a casa. Que ela teria de estudar sozinha e passar de ano para poder frequentar a outra escola onde quer que fosse. E a turma? A turma continuaria sendo a turma. Só que não estudando no mesmo colégio. Isso não é possível. As coisas têm que se resolver de outra maneira. Não há outra maneira. E o namorado? E o motorista do namorado que a busca na escola por ser perto? Pelo menos a casa nova tem que ser perto. Acho que não, querida. Perto é caro.

Elisa não sabia se estava mais irritada com aquela maneira atropelada de dizer tudo aquilo, uma frase sobre a outra, ou se com a mãe chamando-a de querida a cada duas palavras, coisa que nunca tinha feito.

O mundo caíra sobre a cabeça de Elisa. Como o pai não tinha percebido essa situação? Ele que trabalhava 24 horas por dia e não tinha tempo nem pra perguntar como ela ia, como tinha a coragem de estragar a vida dela? Como não ter nem como pagar funcionário? Como ter que vender a casa? Elisa não se conformava. Uma raiva do pai explodiu dentro dela.

Queria acabar logo com aquela conversa. Pediu licença e foi indo para o quarto. A mãe a segurou, dizendo que ainda tinham muito que falar, mas o pai pediu que a deixasse ir. Que ela precisava ficar um pouco sozinha. Então isso ele sabia, mas não sabia tomar conta dos negócios dele? Elisa saiu correndo, aos prantos.

Capítulo 5

No quarto, pensou em ligar para o namorado, que já havia deixado quatro mensagens pedindo desculpas pela falta de noção. Mas... dizer o que pra ele? Que o pai tinha mil dívidas, que fecharia a empresa, venderiam a casa, então ela mudaria de escola, e que tudo que ela fazia não poderia mais fazer? Era a pura verdade, mas ela não podia ser dita. Era o jeito mais certo de acabar com o namoro. Que teria mesmo que acabar, aliás. Ela ia morar longe, não poderia vê-lo, não sabia nem se poderia continuar com o celular... Nada de roupa nova, e sabe-se lá se poderia ir ao cinema e lanchar. Eles costumavam rachar a conta quando saíam. Ganhando semanada, ficava difícil pagar a parte da namorada sempre... Enfim... teve uma ideia. Ligou para ele e disse que estava tudo acabado. Ele tinha mesmo sido um "sem noção" e ela não namorava insensíveis. E não adiantava ele insistir, ligar, procurar. Estava tudo acabado e pronto. Desligou o telefone novamente na cara dele e chorou tudo o que não tinha chorado a vida inteira, porque nunca antes tinha tido um motivo.

E as amigas? O que fazer com elas? Teria que se explicar. Afinal, amiga é amiga em qualquer circunstância. Ela descobriria depressinha se isso era verdade ou não. Resolveu marcar uma reunião na tarde seguinte, na lanchonete Riviera. Ela ainda tinha um dinheirinho guardado e esperava que os pais não o tirassem dela.

As aulas se arrastaram no dia seguinte, o tempo levou uma eternidade para passar. Elisa estava arredia e fingiu um resfriado para não ter que fazer nenhum comentário antes da hora.

E a hora chegou. A turma reunida estava pra lá de curiosa em saber qual era o problema do pai de Elisa.

Então Elisa contou. Não deixou de fora nenhum detalhe. Afinal estas eram suas melhores amigas e com amiga não se tem segredo. As garotas ouviram caladas, bocas abertas, olhos arregalados, respiração ofegante. Quando Elisa terminou, chorando muito, elas a abraçaram e juraram amizade eterna. Nunca se separariam dela, a vida é assim, o mundo é assim, as surpresas acontecem para o bem e para o mal. E... o namorado? Elisa contou que havia acabado o namoro sem contar nada e pediu que elas não contassem nem pra ele nem pra ninguém o que acabavam de ouvir. Novamente elas juraram. Juraram silêncio eterno. E, então, abraçadas, levaram Elisa até a porta de sua casa. Elisa entrou mais aliviada.

E as amigas voltaram à lanchonete Riviera. Precisavam comentar aquele horror espantoso pelo qual Elisa estava passando. Puxa vida! Que coisa! Que pecado! Que incrível que o pai dela não tivesse tomado mais cuidado! Que bom que isso não tinha acontecido com o pai de nenhuma das outras! Vender a casa? Mudar de escola? Mudar de vida completamente, essa era a verdade. Teriam de cuidar da amiga, visitá-la. Dependendo da localização da casa nova, né? Contar para as outras meninas da classe, nem pensar. Se bem que tem uma, que é até vizinha, superdiscreta, não teria o menor problema... E o namorado? Não tinha direito de saber? E se estivesse sofrendo, achando que ele era o fim, que tinha agido mal, se estivesse com a maior dor na consciência? Promessa era promessa. Não contariam nadica de nada! A não ser que ele estivesse muito carente, aquele lindo, fofo, maravilhoso! Não! Avisar o namorado, não! Ex-namorado, gente!

Capítulo 6

O ano acabou aos trancos e barrancos, Elisa passou raspando, a casa foi vendida, outra num bairro bem distante foi alugada, mudaram para lá com um mínimo de bagagem, foi feita a matrícula em outra escola, a mãe queimou todos os dedos na primeira semana de preparo das refeições da família, muita roupa foi estragada ao lavar, Elisa ficou com calos nos dedos delicados ao varrer, tirar pó, fazer cama, lavar o quintalzinho.

O computador foi preservado. Elisa tentou muito manter o contato com a turma, mas elas eram superocupadas, tinham muitas aulas particulares, fora o clube, o shopping, as viagens. As visitas prometidas não aconteceram, a casa alugada era muito longe. E Elisa nunca mais cruzou com o ex.

Dele, só sobraram as mensagens, muitas mensagens, deixadas no celular que Elisa guardou, mas que prometeu aos pais só usar em caso de extrema emergência.

O pai de Elisa procurou muito e achou um emprego razoável. Levaria muito tempo para subir na vida novamente, mas ele estava disposto a se sacrificar, por amor à mulher e à filha. Elisa sugeriu que ele pedisse um empréstimo ao irmão, aquele que era dono de um barco, para aliviar um pouco os pagamentos das dívidas, mas ele o chamou de incompetente e não quis emprestar o dinheiro com medo de não receber um tostão de volta! Inacreditável! exclamou Elisa.

Começava uma nova vida.

A menina foi se adaptando à nova escola com dificuldade. As matérias eram dadas de modo um pouco diferente, os colegas eram diferentes, as exigências dos professores eram diferentes.

Elisa chegava em casa, deixava o material no quarto e logo começava a ajudar a mãe nos afazeres. Depois estudava e fazia lição. Não dava para escapar disso. Ainda não tinha amigas, não tinha dinheiro para comprar brinco ou DVD para agradar ninguém, mas também não tinha o que usar como desculpa para não estudar.

No quarto, cansada, depois das lições, Elisa sonhava com a vida que tinha tido até então, com o quarto enorme e lotado, com a piscina, o clube, as lojas, as amigas... não se conformava com a ausência delas. A mãe tinha prometido deixá-la ir à casa de uma delas, que faria aniversário no fim de semana seguinte, mas ela estava com medo. Muito medo. Medo de que alguém a visse chegar de ônibus, porque o carro não tinha dado para conservar, medo de não estar mais tão bem vestida, porque não dava pra comprar uma roupa da moda, medo de a amiga não gostar do presente... .

E ainda tinha que cuidar um pouco da mãe, que andava deprimida, distraída, abatida, desarrumada, chorosa. Dava dó. Ela levaria um tempo enorme para se adaptar, se conformar, voltar a ter um pouco de alegria de viver. Algumas das amigas antigas a convidavam para um passeio, mas a mãe nem respondia. Ou dizia estar ocupada. Não tinha vontade de voltar ao velho bairro, se sentia constrangida com a nova situação. Elisa a ouvia se queixar e a abraçava muito, a beijava muito e dizia que a compreendia e a amava.

Ainda bem que a mãe conheceu Dona Beti, a dona da quitanda. Ela era simpática, calorosa e, acima de tudo, sabia ouvir. Começou a se abrir com ela. A dona da quitanda ficou muito sentida com tudo o que tinha acontecido na vida da freguesa e, além de consolá-la e aconselhá-la, passou a vender fiado para ajudar a nova amiga.

O pai continuava a trabalhar muito, mas agora prestava mais atenção na mulher e na filha. Vinha jantar, fazia perguntas, contava casos do novo trabalho. Parecia animado.

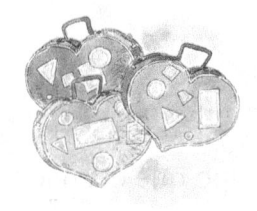

Capítulo 7

Finalmente chegou o dia da festa da amiga de Elisa. Fazia tanto tempo que ela não via ninguém daquela turma que doía sua barriga só de pensar que não teria o que falar com elas. Passou horas experimentando roupa, se descabelando de nervoso, e acabou optando por uma calça preta e uma blusa branca. Olhou no espelho e se sentiu bem. Simples era bonito, pensou. Comprou uma coruja bem legal para presentear a aniversariante, a amiga fazia coleção. Ela não precisava saber que a coruja tinha sido comprada a prazo na lojinha da esquina.

Ninguém viu Elisa sair do ônibus e ela logo chegou na casa da amiga. A casa, que sempre achara pequena e modesta comparada com a dela, era enorme! Ficou parada na porta, com vergonha de entrar. Aí veio a amiga, abraçou-a, disse estar morrendo de saudades, chamou o resto da turma que logo veio enchê-la de beijos e juntas entraram na sala. Elisa se sentia alvo de olhares e risinhos. Não sabia se era imaginação ou realidade, mas se sentiu bem mal. Ficou ouvindo a turma contando mil novidades, da escola e de fora dela, e achou tudo um pouco superficial. Ela mesma não contou nada. Nem ninguém perguntou.

Aí, sem nenhum preparo, sem que ela pensasse sequer que ele pudesse ter sido convidado, Elisa viu o ex-namorado. Tentou desviar, correr para o banheiro, mas ele já a tinha visto e vinha rapidinho na sua direção, chamando-a. O coração de Elisa quase saiu pela boca. Ele veio bem perto e perguntou: Por onde você anda? Por que sumiu? Por que não deixou seu novo endereço? Por que não respondeu minhas mensagens no celular? Por que... e parou. Uma linda garota se aproximou e pegou em sua mão. Esta é Elisa, ele disse para ela. Esta é minha namorada, ele disse para Elisa.

Elisa falou um *oi* bem baixinho, pediu desculpas e foi saindo. Espere aí, você não respondeu minhas perguntas! ele exclamou. E Elisa, cansada do "faz de conta que está tudo normal", resolveu despejar tudo o que havia acontecido com a vida dela. Nem se importando com a presença da namorada. Ele ouviu sem interromper e não se conformou. Por que não me contou tudo isso antes? Achei que você não iria entender, nem aceitar. A namorada, percebendo que estava sobrando, foi pegar um refrigerante, voltava já, já. Elisa achava que ele era mesmo aquele insensível que ela o tinha acusado de ser? Ela sabia quanto o tinha feito sofrer? Ela se dava conta de quanto ele a tinha procurado? Eu apenas não queria ter que explicar nada, Beto, ela respondeu. Que ela mesma achava complicado entender tudo o que tinha acontecido e ainda estava acontecendo na vida dela, quanto mais fazer com que ele entendesse. Achou melhor cortar logo o namoro e tentar esquecê-lo. E conseguiu? ele quis saber. Consegui o quê? ela perguntou. Me esquecer? ele sussurrou. Ela respondeu que não, não tinha conseguido, pensava muito nele, tinha guardado todas as mensagens do celular, morria de medo que a turma contasse algo para ele. Mas que ela tinha percebido que ele, sim, a tinha esquecido. Não, também não, ele falou. Eu fiquei superzangado com você. Uma nova namorada foi a minha vingança. Eu queria só seguir com a minha vida e nunca mais ouvir falar em seu nome, mas não deu. Você não me sai da cabeça. Onde você está morando? Quero seu endereço agora, já. E não adianta me enrolar. Amanhã mesmo passo lá pra gente conversar. Agora vou levar minha namorada, minha ex-namorada, eu acho, pra casa e bater um papo bem longo com ela.

Beto pegou o papel com o endereço, mal ouvindo Elisa dizer que a casa era longe, pequena, feinha, e foi embora.

A turma logo se aproximou. Todas queriam saber o que é que o Beto tinha dito. E por que ele tinha ido embora tão depressa. Elisa respondeu que não sabia. Que só tinha dado um *oi*, que ele não tinha dito nada de mais, só que tinha velejado no fim de semana anterior. Que a namorada também gostava de velejar. As garotas pareceram ficar satisfeitas. Uma ou outra ficou contando casos para Elisa, as outras foram se servir do jantar.

A festa acabou e Elisa foi dormir no apartamento de uma prima que morava meio perto. Na manhã seguinte foi bem cedinho para casa. Não tinha certeza se Beto viria ou não. Estava apreensiva com a conversa que teriam. Seu coração continuava batendo forte por ele...

Capítulo 8

No dia seguinte, Beto veio. Veio e foi logo dizendo que Elisa era uma boba, o que ele sentia por ela sentiria em qualquer bairro, de qualquer maneira, com tanto faz que história de vida, com ou sem roupa nova, com ou sem clube ou escola. Disse que ela era ainda mais bonita por dentro que por fora. E que por isso gostava dela. Pegou na sua mão, fez um carinho em seu rosto e deixou Elisa sem fala.

Ela tinha preparado um baita de um discurso que já não tinha por que ser dito. Fez um carinho no rosto de Beto, encostou a cabeça em seu ombro e assim ficaram por um longo tempo.

Depois, devagar, Elisa começou a contar como era sua nova vida. Comentou como era complicado se relacionar com as meninas do bairro e da escola, que elas a encaravam como uma estranha, não confiavam nela, não achavam que ela podia compreender a vida delas. Sacaram rapidinho quem ela era e de onde vinha e lhe davam a maior gelada. Ela chegava na classe, as garotas paravam de falar. Ela andava pelas ruas, as garotas a observavam de cima a baixo e nem davam bola pra ela. Tinha só uma menina, a Mariana, que na escola vinha puxar papo. Que a convidava para ficar junto no recreio, que perguntava se ela precisava de alguma coisa. Elisa, que não era tímida em geral, agradecia os convites e ficava sempre sozinha, na classe, sem coragem de enfrentar ninguém.

Pois eu acho que você está errada, disse Beto. Você é simpática, agradável, esperta, inteligente e pode muito bem começar uma amizade que tem tudo pra ser bonita. E pode se aproximar de todo mundo sem susto. Eles vão aprender a te conhecer, te respeitar, gostar de você, porque isso é muito fácil. É só dar uma oportunidade. Mas todos me chamam de riquinha e eu fico mal pra caramba! Então conta pra eles que a riquinha não é tão riquinha assim. E que, mesmo se fosse riquinha, isso não significava que não fosse legal. Elisa pensou nas amigas da turma e confessou para o Beto que com elas acontecia bem o contrário. Que elas tinham parado de mandar mensagens, que nunca a tinham visitado, que não estavam interessadas no que ela fazia... Só a Cris prometeu que viria vê-la, disse que tinha saudades, entregou para ela um bilhetinho no dia da festa, muito fofo, cheio de palavras bonitas. Mas as outras... podia jurar que pelas costas a chamavam de pobrezinha e queriam mais é distância. Esquece esse povo! bradou Beto. Pensa só na Cris. Na Mariana. Em mim. E com os outros daqui, que é onde você vive, abre o jogo! Você acha? Acho! Vou pensar...

Beto se despediu com muito carinho e prometeu voltar logo que pudesse. Como o celular estava vetado, combinaram usar o computador para se comunicar. E prometeu montanhas de mensagens. Elisa sorriu como há muito tempo não fazia!

Beto cumpriu a promessa. Vinha muito vê-la e bombardeava o computador com mensagens.

Elisa recebeu a visita de Cris, conversaram muito, choraram muito, se abraçaram de montão, fizeram confidências, combinaram novos encontros.

Mariana procurou novamente Elisa na classe e ela aceitou irem juntas ao pátio nos horários livres. Elisa desabafou com Mariana, que entendeu o que se passava com a nova amiga e prometeu ajudá-la a se entrosar com a turma. Confessou que nunca em sua vida tinha sequer pensado nas pessoas com menos possibilidades que ela, mas não por desinteresse, só porque nunca havia tido oportunidade de estar com elas, de fazer algo por elas. A mãe de Elisa ajudava uma creche com uma contribuição mensal e achava que assim cumpria sua obrigação e pronto. Ninguém na casa dela questionava as diferenças entre as pessoas, a sorte das pessoas, seus sofrimentos, suas lutas. E Elisa, ocupada com sua agenda diária, não se dava conta do mundo à sua volta.

Capítulo 9

O tempo foi passando e a mãe de Elisa começou a perceber mudanças na filha. Nas atitudes, num novo jeito de ser, mais alegre, mais compreensivo, mais prestativo. Elisa amadurecia e ajudava a mãe a se tornar uma pessoa mais generosa, mais sensível. Dona Beti também contribuía para essas mudanças. Juntas, as duas faziam cachecóis e gorros para a meninada que morava na rua ou em abrigos. Preparavam sopas nos fins de semana, davam seu tempo e seu coração para os mais necessitados.

Elisa, que tinha se tornado uma boa aluna e que curtia muito pelo menos parte das matérias, teve a ideia de dar aula de reforço aos colegas de escola que precisassem, aos sábados, quando estava mais livre. E de graça, claro. Mariana topou ajudar, Cris topou, Beto topou. Vinham todos à casa de Elisa, que transformou o quintalzinho num lugar especial para receber os "alunos". A mãe de Elisa, Isabel, observava a filha. Era um orgulho só!

O ano terminou e Elisa passou fácil. A nova turma tinha um monte de gente boa, o namoro com Beto continuava firme e forte. Elisa estava de bem com vida.

O pai de Elisa andava satisfeito. O dono da empresa onde trabalhava sabia que ele era especial. Que tinha aceitado um emprego bem abaixo de suas qualificações e que fazia por merecer cada pequena promoção. E com a promoção vinha um pequeno aumento de salário. O pai foi economizando, economizando, prestando atenção em cada tostão, eliminando sempre gastos supérfluos, pagando devagarzinho às pessoas a quem devia, diminuindo suas dívidas. Isabel e Elisa pareciam felizes, e ele, Arnaldo, mais ainda. Os momentos em família tinham se tornado preciosos e cada um deles dava valor ao outro, o escutava, o ajudava, o apoiava.

Mais um ano se passou. Elisa continuava dando aulas aos colegas, seu quintal tinha se tornado famoso. As notas continuavam boas, as amigas eram cada vez mais amigas. O namoro com Beto acabou. Terminou numa boa, sem mágoas, e os dois prometeram não deixar terminar nunca a amizade na qual a paixão se transformara. Elisa, depois de um tempinho, engatou um namoro com um vizinho que em poucos meses terminou. Ele não era tudo aquilo que ela esperava e, depois de uma briga feia, ela o mandou passear!

Isabel continuava tricotando, distribuindo sopas, arrumando a casa com capricho, trocando ideias com D. Beti e outras conhecidas, cuidando do marido e da filha com muito carinho. E até voltou a ver as amigas do velho bairro.

Num belo dia, quase no fim do ano seguinte, Arnaldo veio para casa exultante! Isabel, Elisa, onde vocês estão? perguntou aos berros. As duas vieram correndo, preocupadas, mas logo se acalmaram ao ver a cara dele. Fala logo, homem! O que se passa com você? Que houve, pai? O pai declarou: meu chefe está querendo abrir uma filial no interior e pediu para eu coordenar essa implantação. Ele confia em mim e eu fico muito contente. O pagamento vai melhorar mais ainda e logo vou poder saldar minhas dívidas. Que notícia maravilhosa, Arnaldo! Você merece! Parabéns, pai.

A vida foi seguindo seu caminho. Algumas tristezas, muitas alegrias, um pouco de dificuldades, outro tanto de conquistas, uma dose de incertezas, outra de realizações. Um cachorro de rua foi adotado pela família e batizado de Melado. Um prêmio foi recebido pela melhor receita de bolo, receita inventada por D. Beti e Isabel, adaptada de um velho livro que tinha sido da mãe de Isabel. Um tombo feio de bicicleta, bem no meio de um feriado, tirou Elisa de circulação por alguns dias,...

O quintal recebeu uma cobertura, mais cadeiras, uma mesa bem longa, mais amigos de Elisa dispostos a dar aula, crianças de outras escolas da redondeza precisando de ajuda. E recebeu o nome oficial de Quintal!

E lá para a metade do ano, Arnaldo chegou em casa dizendo que queria falar a sós com a mulher. Elisa engoliu em seco. Já tinha visto esse filme antes.

Capítulo 10

Isabel acompanhou o marido até o quarto e fechou a porta. Eles conversaram, conversaram e nunca mais que paravam de conversar. Sussurrando, não permitiram a Elisa, de antenas bem ligadas, escutar palavra alguma. Elisa não tinha medo de separação entre eles, nem de doença grave. Só não podia imaginar qual seria o assunto. Quando saíram do quarto, finalmente, Elisa, aflita, achou que mãe fosse mandá-la dar uma volta para que pudesse se recuperar.

Mas não foi isso que aconteceu. A gente precisa ter uma conversa adulta, disse o pai, meio rindo da frase que há muito tempo não fazia mais sentido. Elisa tinha toda a condição de enfrentar uma conversa adulta. Não precisou nem que eles dissessem que a amavam porque isso ela sabia muito bem. E o pai começou a falar: Você já deve ter percebido, minha filha, que as coisas têm se modificado ultimamente. Como assim? Nós já conseguimos comprar um carro, já paguei minhas dívidas, a empresa vai bem, já posso pagar aula de inglês para você, sua mãe acaba de te comprar uma linda roupa nova de aniversário, seu celular foi liberado, temos agora uma faxineira para ajudar nas tarefas domésticas, para que sua mãe tenha mais tempo de auxiliar os menos favorecidos... Você notou que sua mãe até começou a trabalhar na creche para a qual contribuía? Fala logo, pai! ordenou a filha, que não estava gostando muito do rumo que a conversa estava tomando. Bem... meu chefe me convidou para dirigir a filial no interior! E... Pode parar! Que é isso, querida! Não interrompa seu pai! Pode parar e pode parar de me chamar de querida!

Filha! Que está acontecendo, Elisa? Vocês estão querendo me dizer que vai começar tudo de novo? A gente só está querendo te dizer que é uma superoportunidade, que estamos pensando seriamente em aceitar a oferta do chefe, em mudar para perto da filial assim que acabar o ano letivo. Estamos querendo comprar uma casinha, num bairro arborizado... Eu vou ter novamente que trocar de escola? É... vai ter... Vou ter que fazer novos amigos, enfrentar novos professores, passar por angústias e problemas, tudo de novo? Elisa disparou para o quarto. Os pais não disseram uma palavra.

Elisa pensou em ir até a casa de Mariana, em falar com a Cris, em ligar para o Beto. Pensou, pensou muito e não fez nada. Ficou encolhidinha em sua cama, revendo o filme de sua vida até aquele momento. Quase que podia dar um título a esse filme: De malas prontas... Mudando de casa, de hábitos, mudando de amigos, mudando aptidões, mudando o modo de encarar as dificuldades, mudando de valores. Mudança na família. Quanta mudança em seu caminho!

Ela estava mais que pronta para mudar de novo. E, desta vez, com muita bagagem. Muita bagagem dentro dela mesma. Bagagem que ajudava, e muito, a abrir esse caminho.

Sobre a autora

Sou Alina Perlman, escritora, nascida em São Paulo. Sou uma leitora glutona, uma voraz consumidora de livros. No entanto, nunca consigo encontrar tempo suficiente para colocar a leitura em dia. Acho até que isso não vai acontecer nunca!

Tenho um pequeno armário carregado de livros não lidos à espera, pacientemente, de sua vez. São mais pacientes que eu, que volta e meia ataco, com carinho, o armário, retiro meia dúzia de livros, escolho um ou dois e coloco os demais de volta. Sem contar que sempre aparece algum novo pedindo pra vir morar com "a turma".

Fora isso, em minha casa há uma biblioteca recheada de livros já lidos: por mim, por meu marido, por meus filhos. Essa biblioteca, que também é onde fica meu escritório, me enche de alegria.

Talvez eu deva o fato de ser apaixonada por livros à minha timidez. Eu era uma menina quieta, envergonhada, estabanada, muito alta e muito míope. E meio antissocial. Meus pais, que sempre gostaram de ler, me incentivaram tremendamente. Eu amava encher minha cama de almofadas, me acomodar e mergulhar em algum livro que me levasse para longe. Vivi muito no Sítio do Picapau Amarelo!

Também experimentei a pintura, que larguei após perceber que eu só desenhava meninas de saia até o chão (não sabia desenhar pés), cabelos longos que tapavam as orelhas (que eu não conseguia desenhar de modo algum) e franjas compridas que tapavam os olhos (adivinhem por quê). Os braços... Ficavam escondidos nas costas!

Tentei cantar, mas até no chuveiro eu escutava meu irmão reclamando do som terrível que eu produzia.

Na aula de balé eu estava sempre de um lado quando o resto da turma já voltava do outro. Mamãe teve pena e acabou com meu suplício.

Meu negócio era mesmo ler. Aí não tinha erro! A menina tímida cresceu e se transformou numa adolescente tímida, que foi descobrindo novas leituras e se encantando com elas.

Hoje, a adulta que sou, só um pouco menos tímida, conserva a paixão pela leitura. A ela há bastante tempo juntou-se a necessidade de escrever.

Ainda garota, escrevi muita poesia. E cartas tristes e apaixonadas. Um professor do colégio onde estudei, Aroldo era seu nome, elogiava minhas redações e tentativas de escrever algo mais que o suficiente para obter uma nota razoável. Isso me bastou para começar a rabiscar uns contos e guardá-los ou picá-los, conforme o dia. Por anos e anos.

Foi somente ao ser mãe e ousar inventar histórias para meus filhos que resolvi abrir a guarda e expor alguns de meus textos. Comecei a ser publicada e aqui estou!

Além de ter escrito mais de 40 livros, já fiz parte de júri de concurso de redação, escrevi contos para revista e jornal, contei histórias no parque do Ibirapuera e em bibliotecas e tenho um livro considerado "altamente recomendável" pela Fundação Nacional do Livro Infantil e Juvenil)

Participei de dois projetos que me deram muita alegria: escrevi histórias que foram publicadas num jornalzinho dedicado às crianças que frequentam o Projeto Felicidade (que assiste crianças com câncer) e desenvolvi um pequeno projeto chamado Empinando Ideias, um trabalho com crianças carentes para incentivar nelas o hábito da leitura e da escrita. Desse projeto saíram livros criados pela garotada.

Adoro o que faço. Deixo-me envolver pelas palavras e procuro ser sempre verdadeira – mesmo dentro da "invencionice".

A menina tímida que mora em mim, misturada à adulta um pouco menos tímida que sou, recomenda a todos ler de montão. Recomenda aos tímidos, aos reservados, aos agitados, aos extrovertidos, aos quietos, aos barulhentos, aos envergonhados, aos populares...

Boas leituras, muitas descobertas, muitas aventuras, muitas emoções a todos ao longo de seus caminhos!

Alina Perlman

Bibliografia de Alina Perlman

Papudo (1982);
O mistério das figurinhas desaparecidas (1984);
Invasão de pensamento (1985);
João, Maria e a casa de chocolates (1986);
A revolta dos zíperes e Um plano quase perfeito (1988);
E o redemoinho levou... (1988);
Ao pé da letra (1990);
Josés, Marias e manias (1991);
Procura-se (1992);
As bolinhas pretas do vestido de Margô (1993);
Uma conquista muito especial (1995);
Bolha de sabão (1998);
Godofredo, o guarda-chuva (1998);
Que ideia, professora! (1998);
Spanimal (1998);
Aconteceu em talvez (1999);
No reino do velho rei (2000);
Olhando para dentro (2001);
Sinto cheiro de pão quente (2002);
Diário de Portugal (2003);

O jeitão da turma (2003);
Falando em tia Vanda (2004);;
Diferentes somos todos (2005);
Por que... Não posso ter o que quero? (2005);
Quem conta um conto... (2005);
A voz da floresta (2006);
A história do Pedro Polvo (2007);
Informágica (2007);
Mundo cão (2007);
O barquinho (2007);
Onde foi parar meu guarda-chuva? (2007);
Quando crescer, quero ser (2007);
Rainha Margarete (2007);
Uma é fada, a outra é bruxa (2007);
Uma portinhola debaixo da cama (2007);
Tagarela (2009).